U0919484

浣心集

青流◎著

中国财富出版社

图书在版编目（CIP）数据

洗心集／青流著．—北京：中国财富出版社，2014.5

ISBN 978－7－5047－5159－1

Ⅰ．①洗…　Ⅱ．①青…　Ⅲ．①诗集—中国—当代　Ⅳ．①I227

中国版本图书馆 CIP 数据核字（2014）第 061340 号

策划编辑　刘天一　　**责任印制**　何崇杭

责任编辑　张　娟　　**责任校对**　梁　凡

出版发行　中国财富出版社

社　　址　北京市丰台区南四环西路 188 号 5 区 20 楼　　**邮政编码**　100070

电　　话　010－52227568（发行部）　010－52227588 转 307（总编室）

010－68589540（读者服务部）　010－52227588 转 305（质检部）

网　　址　http：//www.cfpress.com.cn

经　　销　新华书店

印　　刷　北京京都六环印刷厂

书　　号　ISBN 978－7－5047－5159－1/I·0137

开　　本　880mm×1230mm　1/32　　**版　　次**　2014 年 5 月第 1 版

印　　张　6.125　　**印　　次**　2014 年 5 月第 1 次印刷

字　　数　127 千字　　**定　　价**　25.00 元

序　言

见证生命的诗篇

我不予人作序，是怕引来以序弄虚作假造次的墨客。

一位被病魔缠身走向生命终极的女诗人，我和她见过四次。

一位被诗歌魅力指引、以生命为诗歌的女诗人。

一位不以序支撑著作的女诗人。

等等，我忘记告诉您：她也是一位爱情的歌者，季节的、唯美的。

当然我不得不晓谕您：她，上帝的子女，她的诗歌，主的恩赐。

哈利路亚，请允许我奉献她诗歌的魂魄。

【清平调】莫非是错不问错　缘来惜花不飞花

读此，洗心处默。我欲向李清照借伞，挡一下我心中的雨。见证生命的诗篇，序，请伸展为她祝福的膀臂。

春　野

2014 年 2 月 24 日（星期一）

注释

春野，旅日作家、书法家、当代诗人。春野自 1978 年开始写诗，青年时代曾受艾青、王辛笛等名家的亲临指导，其作品散见于国内的文学报刊上。据作者本人透露：20 世纪 80 年代初期，春野与好友艾丹、顾城、许德民、程永新等从事文学创作活动。旅日期间，春野热心唐诗宋词的宣传，为日本“汉诗吟诗会”等民间文学协会会员。青年时代，春野的文学作品深受美国诗人艾略特和“垮掉派”诗歌的影响，在经过二十余年的海外生活后，春野的诗歌主张：“即使生命腐朽垮掉，让灵魂像诗歌一样永生。”正如诗人所表达的“让世间的实践在垮掉中，穿过我时间的心理描绘”。春野的诗歌作品是“强聚象”的，其诗歌意象繁复、内容充满哲理，是唯美“意象派”的典型代表之一。春野又是“诗歌顿数理论”的坚持者，强调现代诗的可读性，春野一身的文风，令人有唯美的发现和惊叹。

目　录

虞美人　锁岛·雀 …… 1
如梦令　鹤 …… 2
惜　缘 …… 3
浪淘沙　醉杨梅 …… 5
卜算子　玫瑰 …… 6
惊　梦 …… 7
清平调　委屈 …… 9
满江红　归期 …… 10
夜　游 …… 11
彼岸花 …… 12
鹊踏枝　五月初五 …… 13
双亲颂 …… 14
月　食 …… 15
记忆之城·重庆 …… 16
凤凰之城 …… 17
冬　至 …… 18
声声慢　海滩 …… 21
丁亥碎忆 …… 22
客　殇 …… 23
酒·四季四拍 …… 24

沁园春　芍药 …………………………… 26
民工返乡辞 ……………………………… 27
丽　江 …………………………………… 28
念奴娇　大理 …………………………… 29
锦　鲤 …………………………………… 32
敦煌·飞天 ……………………………… 33
惜　春 …………………………………… 34
浪淘沙　旧屋 …………………………… 35
春日游湖 ………………………………… 37
满江红　赤壁 …………………………… 38
赠温哥华友人 …………………………… 39
除　夕 …………………………………… 40
十　五 …………………………………… 41
破阵子　燕 ……………………………… 42
春　分 …………………………………… 44
满江红　秦时明月 ……………………… 45
桂　林 …………………………………… 46
中　秋 …………………………………… 48
南湖浅秋 ………………………………… 50
冬　雾 …………………………………… 51
步蟾宫　秋月 …………………………… 52
白　露 …………………………………… 53
画堂春　答友人 ………………………… 54
睡　莲 …………………………………… 55

山林借宿 …… 57
西湖三阕 …… 59
清　明 …… 60
华山·华清池 …… 62
病　中 …… 64
沁园春　雪 …… 65
一剪梅 …… 67
玉兰辞 …… 70
江南·茶园 …… 72
渔家唱晚 …… 73
早春·雪 …… 74
逝 …… 75
满江红　辛卯年四月初七 …… 76
立　夏 …… 77
三十又五题记 …… 78
辛卯年六月十七夜观 …… 79
齐天乐　蝉 …… 80
醉花阴　梦游 …… 82
采桑子　六月 …… 83
如梦令　雷雨 …… 84
夕　拾 …… 85
今朝错 …… 86
九寨沟 …… 87
风　云 …… 88

嫦　娥 …………………………………………… 89
满庭芳　水浒 ……………………………………… 90
桂　秋 …………………………………………… 91
定风波 …………………………………………… 92
沁园春　桂 ……………………………………… 93
菩萨蛮　银杏 ……………………………………… 94
鹊桥仙　聚 ……………………………………… 95
虞美人　葭月桂 …………………………………… 96
西塘夜宿 ………………………………………… 97
涅　槃 …………………………………………… 99
立　春 …………………………………………… 100
长相思 …………………………………………… 101
江　渡 …………………………………………… 102
对　饮 …………………………………………… 103
摸鱼儿　杀破狼 …………………………………… 104
捣练子　春雪 ……………………………………… 105
八六子　踏病 ……………………………………… 106
国　殇 …………………………………………… 107
东瀛之殇 ………………………………………… 109
关　外 …………………………………………… 111
画　眉 …………………………………………… 113
壬辰调 …………………………………………… 114
故　宫 …………………………………………… 115
颐和一梦 ………………………………………… 117

寒　露 …………………………………………… 118
醉 ……………………………………………… 119
旧　城 …………………………………………… 120
葬　花 …………………………………………… 121
水　仙 …………………………………………… 122
宋城怀古 ………………………………………… 123
龙之思 …………………………………………… 125
残　雪 …………………………………………… 126
六月初三水患有感 ……………………………… 127
致媚娘 …………………………………………… 128
壬辰年·端午 …………………………………… 129
踏春迷途 ………………………………………… 130
大风歌 …………………………………………… 132
满江红　望京 …………………………………… 133
赤月食 …………………………………………… 134
病中三赋 ………………………………………… 135
大　寒 …………………………………………… 137
又见中秋 ………………………………………… 138
小别赠言 ………………………………………… 139
夜西湖 …………………………………………… 140
女　同 …………………………………………… 141
怠 ……………………………………………… 143
核 ……………………………………………… 144
四月十一 ………………………………………… 145

五年三弹 …… 146
再　聚 …… 147
春　雨 …… 148
圣　诞 …… 149
山　居 …… 150
悼谭嗣同 …… 151
笑红尘 …… 152
温　泉 …… 153
风寒吟 …… 154
伴儿游园 …… 155
柳 …… 156
春　雷 …… 157
新卖炭翁 …… 158
花步道 …… 159

中药入题集

蝉蜕、冰片 …… 163
夏枯草 …… 164
半　夏 …… 165
麝　香 …… 166
佛　手 …… 167
珍　珠 …… 168
燕　窝 …… 169
银　杏 …… 170

凤凰衣 …… 171
甘　草 …… 172
砒　霜 …… 173
首　乌 …… 174
黄　连 …… 175
蛇　蜕 …… 176
六月雪 …… 177
洛神花、乌梅 …… 178
红花、雪莲、当归 …… 179

后　记 …… 180

虞美人　锁岛·雀

深潭枯井雀影悄
千丝系千岛[1]
昨年衔枝何所谓
只道早春迟寒君当归

残阳苦照飞霞远
金锁断金缘
相思情切唤无由
怎奈鸦雀桥头凤不留

注 释

❶千岛指千岛湖。千岛湖是位于淳安县的著名风景旅游区，景区分锁岛、猴岛、蛇岛等主题岛。其中锁岛以挂满情侣祈愿爱情永久的各色锁具最为出名。

那些希望能锁住爱情的人，是理想主义者和悲观主义者。婚姻如果建立在迥然不同的经济和思想基础上，日子就会变得可悲，因这可悲得持续，人性中的丑恶被迅速放大，而所有过往的爱与不爱都成了撕扯彼此伤口的工具。爱会被折磨成恨，在早已经化脓的创口上再撒上一把盐。盼望会变成绝望，思念也会变成一杯怎么也喝不完的苦酒。当爱情不复存在时，锁住的除了往日的旧梦，一无所有。

如梦令　鹤

绿波扫黛眉
偶见朱红
独立夏塘秋隘
不识君宠

半壁无暇泪
一袭孤容
缘何对影头白[1]
偏叫难懂

注释

❶意指白头鹤。白头鹤亦称锅鹤、玄鹤、修女鹤，已列入世界濒危物种红皮书，是中国一类保护动物。白头鹤4～5岁达到性成熟。一旦组成家庭，夫妻关系十分稳定。国际援助组织把白头鹤誉为“爱情鸟”，就连赠送友人的结婚纪念品也常印上：“以鹤为媒，白头偕老。”

人类之所以常寄情于信天翁、鸳鸯、白头鹤等寓意爱情的鸟类，是因为人类本身的社会属性很难引导其超脱理智寻找唯一真爱，而殉情之类的字眼又是如此纯粹激越、动人心魄，因而尤叫人心向往之。

惜　缘

梅花独寒负蝶友
银杏❶孤眠一千秋
冬虫❷赴死活夏草❸
南溪无力汇东流
沙舟难向高山行
磐石不解落花轻
若取郎心比妾心
何似落日知月明

注　释

❶银杏又名白果、公孙树，为落叶乔木，是现存种子植物中最古老的孑遗植物。银杏生长较慢，寿命极长，寿命可达千余岁，存世3500余年的大树仍可枝叶繁茂果实累累。

❷❸冬虫夏草是虫和草结合在一起长的一种复合体，冬天是虫子，夏天从虫子里长出草来，是一种传统的名贵滋补中药材，有调节免疫系统功能、抗肿瘤、抗疲劳等多种功效。

生命中有多少如果，又有多少错过，还有多少无奈。因为错过，因为无奈，所以更值得永远怀念。

浪淘沙　醉杨梅

杨梅知酒浓
同上甬城❶
乱点知己莫傍空
笙歌自在抹抹红
为谁梳妆

聚散了情重
共走天涯
香花一瓣见玲珑
须臾醉卧郁郁中
为谁断肠

注释

❶宁波简称“甬”起自周朝。“甬”为象形字，形状接近古代钟形。这一形状来源于鄞县、奉化两地县境上的山峰。由于这些山峰很像古代的覆钟，因而古代称甬山，穿过这一地带的江即称为甬江，这一地区称为甬地。宁波是杨梅的故乡，每到杨梅采摘的时节，就有游人大批地涌入。在这样的季节里，连空气都是醉人的，但是真正让人痴迷的又怎么会是一杯杨梅酿的酒呢？

卜算子　玫瑰

紫云藏蕊刺[1]
香沁爱迷离
已是晴明夜未惘
莫留泪千滴

夏暮君将逝
万种零花绮
幸喜桑雨伴归尘
何必当空寂

注　释

❶此句指紫玫瑰。玫瑰象征喜悦与爱情。紫玫瑰象征着深深的爱情。紫玫瑰是玫瑰花的一个品种，花朵娇小，但香气特别浓郁。目前国内就有紫色的玫瑰，一种叫做紫精灵，一种叫做紫皇后。紫玫瑰对周围环境要求特别高，帮助新陈代谢，排毒通便，纤体瘦身，还可以提振心情、舒缓情绪。

爱情的毒刺令人受伤，但我们却仍然乐此不疲，究竟是我们无所畏惧，还是我们已经爱上了被伤害的危险滋味？紫玫瑰的花语是浪漫真情和珍贵独特。越是来之不易，越是所得不菲。当爱上一个看似难以爱上的人，便已拥有了真情的希望，再辛苦的付出终有一天会有所回报，那些看似浑身长刺的爱人，才是一辈子值得也愿意为你守候的人。

惊　梦

步难移，魂相寄
云里直上重霄九
飞花碎玉曲同今

七彩雾，逍遥笛
未见便晓已仙修
青天扶廊访故君

长聚首，恐梦醒
一刻父喜忧殷勤
一刻儿笑泪沾襟

问君，问君
何时静月影复回

总留痕

惊梦，惊梦

奈何人间晚情长

空离恨

注 释

我们希望在梦中见到那些爱过的人，是我们害怕自己会遗忘。而爱的真正能力，不是思念，正是遗忘。学会在遗忘中守住今天的幸福，就学会了永恒的爱。

清平调　委屈

之一

莫非是错不问错
缘来惜花不飞花
月自清高人自怜
秋水无澜鹊无双

之二

登一重高楼
瞰一江渔烟
潋滟寥落成两人
委屈自在难展颜
况独欢

注释

委屈是因受到不公平的待遇或指责而心里难过。而更多的时候，是因为那个自以为最了解自己的人辜负了自己。最心寒的不是有人辜负，而偏偏是那个人，你自认为永不辜负的，却最早辜负了你。

满江红　归期

寒风凉雪，西窗外，寂寂更或
朱唇启，呵气如兰，轻瑟幽罗
十八春华痴与苦
三千白发今同昨
叹霓裳，机杼才等闲，尝寥落
理鬓迟，玫红疏，夜未央，人影绰
闻锁惊，喜诧忘履急睃
不见君归锱铢重
但闻小巷晨犬聒
再酌酒吻眉绘婵娟
相思阔

注释

等待，贯穿我们整个人生。等待爱，等待被爱，等待让所有的付出都变得美丽，让所有结果都更显珍贵。等待，是生命中最美的一份情怀。

夜　游

凭窗溢翠琉璃盏
瞳印流萤聚光来
清郊别尘银河下
神仙不醉我徘徊

注 释

夜的美，在于那闪烁在天空的精灵；在于逐渐沉静下来纯粹的内心；在于感动昨天、感怀今天、感知明天的神奇。在格林尼治时间的地球两端，黑夜和黎明交错，就像人生总在告别和重逢。

彼岸花[1]

之一【相见欢】

彼岸艳红霜白时
两分离
缘没血色里
织不尽
绣更新
是情丝
画尽了生生鸳梦断肠迟

之二

绿绫挂东枝
红香此处拾
金魈阡陌舞
彼岸长相思

注释

❶在日本，秋分前后三天叫秋彼岸，是上坟的日子。彼岸花开在秋彼岸期间，非常准时，因此叫彼岸花。彼岸花开花时看不到叶子，有叶子时看不到花，花叶两不相见，生生相错。彼岸花的中国花语是“优美纯洁”，日本花语是“悲伤回忆”，朝鲜花语是“相互思念”。

鹊踏枝　五月初五

修竹探眉藤蔓紫
蜉蝣愁归
燕飞石桥底
怀殇怀忧怀心事
甬城此去无梦拾

青梅浅尝人酸楚
对镜强欢
苦雨湿灵珠
时风时云时邈雾
白鸟孤鸣投月湖❶

注 释

❶月湖因古代却月城而得名，明成化年间，汉水改道，其主流经龟山北部汇入长江后留下月湖。

如同水的各种形态，情绪决定了景物和环境在人眼中的差异，在每个不同的时间都被赋予不同的生命和意义。心意所起，情发有形。

双亲颂

牙牙随父游，途嗔只为餐。
涩涩剪长发，独归罔母寒。
双七遇火履不着，三旬父匍日日难。
二八离家呲目去，四更母痴不由怜。
但使邻人壁铿锵，落寞凄回悲胜杵。
顽童突起神女心，懵懂哪堪少年负。
夜凉啼惊足似裹，乍暖尤梦父裘被（pi）。
苦望流星千年雨，晓看夕伴横韧几。
水仙因无眠，临窗送幽香。
病中一簇梅，将尝往日霜。
牡丹开自在，何必执意殇。
秋高别人世，悌孝未及还。
思君忠魂路，怅惘六十年。[1]
缘尽尘归肝肠断，天塔相随万丈宽。
古来明事有几人，得报亲恩在堂前！

注 释

❶作者的父亲于2001年10月去世，恰逢一个甲子。十年后，作者写此文，追思年少轻狂，痛悔当时不能尽孝。故成此篇。

月　食[1]

西看穹染辉，铁耳木门迎。
笋尖小探头，欲露却藏矜。
日暮无人等，寥数月牙银。
楹台绕金丝，纱笼暗成荫。
三分情焦灼，七分怀孤零。
云后娇娘倚，恍惚山路轻。
玄深光似醒，一探是流萤。
车行亦相趋，车停竟自隐。
缘浅释玉颜，何必夜空净。
熠熠侣北斗，淡淡照平明。
红日无情时，方知冷月心。

注释

❶月食是一种特殊的天文现象，指当月球运行至地球的阴影部分时，原本可被太阳光照亮的部分，有部分或全部不能被直射阳光照亮，使得位于地球的观测者无法看到普通的月相的天文现象。

我们总是被乱七八糟的所谓重要人物吸引，忽略身边真正时常围绕着自己的那些朋友，他们虽然从来不显得重要，却会在你突然失去所有依靠的时候，默默地给你支持和关怀，就像太阳不在的时候，月亮独自支撑整个夜空。只有当它也不在了，你才发现孤独的可怕。

记忆之城·重庆[1]

断墙草，残秋暮
一钵孤坟土
血踏径，马嘶鸣
长袖见白骨

家国丧，亲爱离
直看山河碎
跪江头，数沉戟
痛彻英雄目

注 释

❶重庆简称“巴”、“渝”，是国家历史文化名城。1941 年，“中华民国”政府在重庆发表文书与纳粹德国宣战，成为中国远东反法西斯指挥中心。重庆是中国战场最激烈、双方损失最惨重的空战战场之一。

在对日战争中，大量军人为保家卫国而战死，千万英灵见证着重庆此后的和平和发展，而他们自身也成为重庆建城历史中不可磨灭的血泪印记。重庆因而在作者心中，成为一座无可替代的血性伟城。

凤凰之城

南山[1]一梦已胜仙
观日岩下渺人烟
花红艳
椰清香
凤凰彩衣碧琼沙
佛手竟无边

注 释

❶指海南省三亚市南山。三亚市位于中国海南岛的最南端，是海南著名的热带海滨旅游城市和海港，古称崖州，因其远离帝京、孤悬海外，自古以来三亚一直被称为“天涯海角”。三亚南山海上观音圣像高 108 米，为世界之最。

人类的信仰分门别类，但无论佛教还是其他宗教，本意是为了指引人们找到心灵的归属和宁静，在红尘中找到引导灵魂的那一线光明。

冬　至[1]

之一

初尘隐木香
锡纸燃灯脂
家书点红烛
黄叶吻锦池
两无情
秋蝉羞对薄日
一婆娑
黛烟暗上松枝
更是冬雨迟

之二

薄日自清高，风低只影摇。

寒梅吐杏时，对饮故人桥。
轻瀑折为萧，山雾织成袄。
冢下雪融时，十年相思了。

注 释

❶冬至为二十四节气之一，并且是最重要的节气之一。古人对冬至的说法是：阴极之至，阳气始生，日南至，日短之至，日影长之至，故曰“冬至”。时间在每年的阳历 12 月 22 日或者 23 日之间。这一天是北半球全年中白天最短、夜晚最长的一天。

冬至之日，我们追思已逝的亲戚朋友，更多的是追思他们曾经带给我们的感动和影响，让我们回首过往的对错，更明了未来的路该如何前进。

声声慢　海滩

滔滔浪浪，哓哓飒飒，飘飘摇摇荡荡
风来擎帆时候，将出神魈
千里白鸥齐鸣，红日处江舸争忙
酒令行，碟音欢，举箸更除衣裳
忽来鱼虾满池，淋漓时，更想南泉那日
斜吊绳儿，可笑渔家小郎
锱车怎比散马，放目去，洋洋洒洒
花两朵，怎一个乐字了得

注　释

常在都市中生活之人，体验海滨之乐，仿佛鱼归大海般舒畅幸福，都市生活压力之大，已令很多年轻人纷纷逃离，回归家园，寻找那个最接近真实的梦想起源。此外，为了重新感受自然、回归自然，人们自发地推崇农家乐和自由行，使之亦成为一种旅游时尚。

旅行，是找回一个不一样的自己、重新认识自己的过程，在旅途中，自然赋予人新的力量和信仰，让人重新变得生机勃勃。

丁亥碎忆

一钵珠雨一钵衣
蜉蝣薄翼染碧玺
丙辰龙，壬午驹
相看不觉到日曦

一树寒愁一树疵
青梅瘦待净瓶枝
上元春，下仲秋
年复一年八千辞

注 释

作者和其女儿的属相分别为龙和马，在十多年的相处中，和所有家庭一样，两代人之间，有时和谐关爱，有时争吵不休。

回忆过往，作者认识到，人与人之间的骨肉亲情不能代替岁月中依赖理智和知识建立起来的理解和支持，只有在不断地沟通下，方能在彼此心中搭起一座桥，成为彼此前进的动力和幸福的源泉。

客　殇

孤魂疑驻栈前雨
游子亦从别疆土
叹，叹，叹
胡不赠我三千羽
思织旧文黜

薄帆汐浪惊愚橹
日晷疵蹉问神无
罢，罢，罢
退耕荒梯八百亩
从此对营烛

注　释

一个人在外游荡，或一群不相干的人在身边游荡，其体验到的孤独并不相差太多。每个人的存在，都只是别人生活的一种映照，除非人的自我能和本我和解，为真正的自我留下一个心灵家园，否则人始终都将在生活中迷失脚步，身边的人越多，声音越嘈杂，人越是孤独难耐。

酒·四季四拍

雁回头，崖上冰
煞是嫣红点晴时
与君相执著

柳换衣，蚕作丝
最是润雨尝梅时
簌簌泪千行

月如盘，露含羞
恰是鸦雀归巢时
浮桥夜荧灼

暖风送，和酒欢
更是熏香云里时
不辨秋水寒

注释

杜康、欢伯、杯中物、金波、秬鬯、白堕、冻醪、壶觞、壶中物、酌、酤、醑、醍醐、黄封、清酌、昔酒、缥酒、青州从事、平原督邮、曲生、曲秀才、曲道士、曲居士、曲蘖、春、茅柴、香蚁、浮蚁、绿蚁、碧蚁、天禄、椒浆、忘忧物、扫愁帚、钓诗钩、狂药、酒兵、般若汤、清圣、浊贤……我国酿酒历史悠久，品种繁多，酒是国人最爱的杯中之物。

人的情感在酒精的世界里最为真实可怕，因此，酒成了我们最贴心的蛇蝎知己，成了我们掩饰或表达自己真实情感的最佳道具，在这样一个虚幻的世界里，温柔与粗暴并存，真实与谎言并存，唯一可以确认的，是我们的眼泪、我们的欢笑，还有每一处酒后撕心裂肺的疼痛。

沁园春　芍药[1]

芙蓉带羞，海棠春倦，一般模样。
叹比干玲珑，独座星宿，嫦娥妖娆，凭空思量。
惜昙花，倏忽天命，如何堪较短与长。
奇芍药，知己酒正酣，少年儿郎。

将离更放娇红，
引玉蝶双双竞逍遥。
看杜鹃牡丹，奢华已过；水仙幽兰，简亦差强。
金桂寒梅，蔷薇白菊，怎能不笑旧人伤。
真芍药，苦口自从容，何羡群芳。

注释

❶芍药，原产中国以及亚洲北部，被列为中国六大名花之一。芍药因其花形妩媚、花色艳丽，故占得形容美好容貌的“绰约”之谐音，名为“芍药”。牡丹第一，芍药第二，谓牡丹为花王，芍药为花相。不仅有极高的观赏价值，更有相当重要的药用价值。

女子各有其美，有的重气质，有的重外表，有的重心灵，就像各种不同的花，各有各的美丽芬芳，而爱花之人亦因此各有所爱。芍药和牡丹形似却具有牡丹所没有的药用价值，就像有的女子在美丽动人的外表之外，更有治愈人心的神奇力量，这样的奇女子，是否更值得被爱与珍惜？

民工[1]返乡辞

之一

江笛长鸣泪长流
一担相思一担愁
过尽千山皆异客
知是何年方能休

之二

朱红满地福满盈
一道年关一道刑
闻遍万家犹未饱
直向床头暖乡音

注 释

❶民工，是中国大陆特有词汇，指身为中国大陆特有的农业户口身份的工人；指从农村进入城市，依靠替雇主工作为谋生手段的社会群体。这一群体基本上没有工会组织，几乎没有任何权益保障，更不能享受因为城市经济发展带来的社会福利，“农民工”成为这一制度之下的特殊群体，也往往是城市被雇用者中劳动条件最差、工作环境最苦、收入最低的群体。每年春节，都是民工返乡的高峰期，每个城市的生活由于民工的超量流动而发生巨大的变化，他们的付出和得到不成比例，可以说是城市里最需要关怀的人群。

丽 江[1]

丽日古城门，遥瞰玉龙峰。
却向云边折山棱，雪在四五分。

翠草寒溪头，稚犬绕新篓。
土砖高墙知何夷，闲坐二三人。

采茶歌未起，四方街灯熄。
酒酣梦里失归路，醉饮又一夕。

紫霞烧黛檐，层层瓦相连。
叹尽平生多少事，转眼八百年。

注 释

❶丽江古城，始建于宋末元初（公元13世纪后期）。位于中国西南部云南省的丽江市，它是中国历史文化名城中两个保存完好的没有城墙的古城之一。1997年12月丽江古城根据文化遗产遴选标准C（II）（IV）被列入《世界遗产名录》。

坐在束河古镇的小茶馆，或遛马于拉市海的源头，在无人处哼唱几首悠悠乐曲，无一不是放空心灵的好方法；在丽江，学会闲，是一种人生智慧。

念奴娇　大理[1]

飞尘千里，沙尽头。
多少风花雪月。
青砖白墙，好人家，
无非榆城遗老。
裂石穿云，洱海苍山，
藏却万种柔。
七斗如烁，黑天一弯凉月。
但见歌舞声里，脉脉雪融去，
清碧幽泉，润石翡玉，洗自在，
羞煞满城金花。
珍珑棋上，坐怀天下事，中原女儿。
芭蕉琴尾，
弹断一江春水。

注释

❶大理市位于中国云南省西部，地处云贵高原上的洱海平原，苍山之麓，洱海之滨，作为古代云南地区的政治、经济和文化中心，时间长达五百余年。大理有“风花雪月”的美称，即下关风、上关花、苍山雪、洱海月。大理市是以白族为主体的少数民族聚居区，白族占有全市人口的65%。白族风情多姿多彩，风俗习惯具有鲜明的地方民族特色。金花为白族对少女的俚语称呼。

在干草铺就的迎宾路上踏一踏，在大理城墙昏暗的灯光下哭一哭，在小巷里地道的餐馆里坐一坐。这些，都是大理难以言说的魅力。或许只有在苍山洱海，才能体会到别样的风月、别样的岁月、别样的自己。

Zhao Si Chao · Canon EOS 5D

锦　鲤[1]

金丝银绦流光显
神仙气度两徘徊
寒冰不绝自兹去
禹门跋浪化龙焉

注释

❶锦鲤是一种高贵的观赏鱼类，它具有独特的魅力、艳丽的体色、潇洒优美的游姿、雄健英武的风度，是风靡世界的高档观赏鱼，有“水中活宝石”、“会游泳的艺术品”的美称。人们把它看成吉祥、幸福的象征。“鱼化为龙”的记载多出自汉代典籍，象征着执著于成功的人们在自身努力下终于梦想成真。

作者曾经养过多尾锦鲤，更期羡德国纯种青尾，惜其价高而不能得。养了3年多的最为钟爱的黑色和金色鲤鱼多在长至1尺左右跃缸而出，最后干涸而死。作者每次回忆起它们，总为它们不屈的精神所倾倒，在死亡面前，它们的自杀式选择更像是为了自由，为了理想。而这，正是我们这些卑微活着早就忘记了自己梦想的人类所无法做到的。

敦煌·飞天[1]

九色鹿
梵香间
千年钟鼓一朝传
借得飞花流云舞
拂袖时
人间已是数重天

注释

❶敦煌位于甘肃、青海、新疆三省（区）的交汇点。因为敦煌曾经的辉煌和博大精深的文化内涵而闻名于世。莫高窟于1991年被授予“世界文化遗产”证书，是我国最大、最著名的佛教艺术石窟。无论是莫高窟还是金字塔，艺术文明或是科技文明，在以亿万光年计的宇宙世界，人类都曾努力地留下印记，这就是文明的意义，它是渺小的人类向造物主宣告自己卑微却薪尽火传的力量，是在无限的物理空间里人类认知和传递自我认知的证据。黑洞或许会吞噬一切物质，任何文明终有被淹没的一天，然而每朵花都注定要开放，每棵树都注定要成长，人类的文明也不会因为所谓的灭亡而失去其曾经存在的价值。

惜　春

凉云拂罢霞暖
月弯弯
可怜镜上青丝堂下囡
草新蔓
红泥倦
燕归来
莫怪风自多情雨自欢

注　释

四季更迭，万物在春的怀抱里逐渐复苏生机。这是大自然和造物主的神奇力量，也是人类感受生命神奇最强最直接的时机。在不同的环境里，体验截然不同的心情，这是大自然的恩赐。最怕的是在春天思夏，在寒冬悲秋，在不适当的时间做不适当的事，这样的人生毫不值得同情。

浪淘沙　旧屋

一窨春泥苦
讲与谁知
寒潭柳絮坐平屋
去年模样今日重
难得糊涂

斜风问烟雾
饭迟谁顾
一只竹筷失旧主
半双无用既成空
从此无辜

注　释

怀旧是人的一种本能，和动物相比，人的记忆最长可持续一生。所有的爱恨离苦，拥有和失去，都会寄托在某个对象和事物上，一双筷，一间屋，一句话，一本书。所有的一切都会成为永不过时的眷恋，让我们怀抱着安全感和幸福感充满勇气地在时光里独自流浪。

春日游湖

拂面又东风
直似故人来
剪月影
催细红
桃花深处镜波痕
羞看芦苇白

注 释

芦苇，多年水生或湿生的高大禾草，生长在灌溉沟渠旁、河堤沼泽地等，世界各地均有生长，芦叶、芦花、芦茎、芦根、芦笋均可入药。

江南草荡给人印象最深刻的莫过于那连绵不断的水生芦苇。在春风里随风摇曳的三两枝，在码头边郁郁葱葱的两四亩，在鸟儿雀跃下半空中划出个把优美弧线的细嫩枝……芦苇之于湿地，仿佛水牛之于水乡画卷，没有了芦苇，江南便失去了温润清扬的精魂，而芦苇的柔美和坚忍也仿佛生进了江南人的骨子里。

满江红　赤壁[1]

雷霆战鼓，刹那间，千古悲号。
血凉处，藤甲铜戟，烽烟如昨。
周郎玉指点江山，
小乔素手还抚琴。
弦断了，从此唱卧龙，风云变。
草船似火，箭如梭，沧海飞洪。
三国里，儿女英雄，照壁流沙。
东风乍起日尽头，
曹操焉能笑赤兔。
白衣将，铁骨今何在，
换人间。

注释

❶赤壁之战，是指三国形成时期，孙权、刘备联军于建安十三年（208 年）在长江赤壁（今湖北省赤壁市西北）一带大破曹操大军，奠定三国鼎立基础的以少胜多的著名战役。

几千年岁月，为世人所铭记的只有当年的丰功伟绩，和对先人情感纠葛的凭空揣测，没有人能真正代入古人的心中重演当日的落寞繁华，有道是：千古风流人物，还看今朝。大浪淘沙，逝去的不过是前人，留下的不过是任凭后人念想的故事而已，而那些真正壮怀激烈的，早已随风而逝，那些所谓的英雄，亦从来不曾真正的不朽。

赠温哥华友人

二十年来故园
八千公里北国❶
白鸟春归忙稚儿
金貂南游觅暖乡
问君能欢畅

一夜金枫尽染
半山雪野朔阔
最是相思久长时
寒堤舒柳绿犹见
磨断江南肠

注 释

❶北国指加拿大。加拿大，是北美洲最北的一个国家，西抵太平洋，东至大西洋，北到北冰洋，领土主张直到北极。现在已成为对华最大的移民接收国，每年有数万人申请对加移民。因此，加拿大成为继美国之外，最大的华裔聚居地。

加拿大的温哥华，是世界最宜居的城市之一，但却并非全部移民的华人心目中最温馨之家园，人，从来是社会性的，而华人社会最大的属性就是抱团取暖。没有熟悉的取暖的亲朋故交，怎会有家的感觉？

除　夕

橘灯困
夜影乏
孤窗旧盘花
腊梅权做香簪
素枝挂玫红
扫不尽
是烟火
岁岁此时燃

注　释

除夕是传统农历初一前的旧年的最后一天。人们在除夕那天打扫、放炮、插花，寓意新一年的吉祥如意。人类与动物最大的区别，其实并不在于工具的使用能力，而在于情感的自我培养和自我调节，正如爱是人类幸福的源泉，希望这两个字，就是人类所有幸福的第一保障。

十　五

月圆送花火
登空乃敢烁
流云共执手
轻舞动烟波
元宵❶当寂寞
酥心无人啄

灯上谜能解
心下意难捉
亥时埙声夺
清徐人已惑
难得空杯醉
请与知音说

注　释

❶元宵，意一为“上元节的晚上”，因正月十五主要活动是观灯赏月，后来演化为“元宵节”。正月十五闹元宵，将从除夕开始延续的庆祝活动推向又一个高潮。元宵之夜，大街小巷张灯结彩，赏灯、猜灯谜、吃元宵，成为世代相沿的习俗。元宵，意二为用糯米粉做的圆形甜品。当时称元宵为“浮圆子”、“圆子”、“乳糖元子”和“糖元”。上元佳节，是由古至今情侣们观灯上河、互诉衷情日子，也只有在这美丽梦幻的时间和空间里，空气中的甜蜜能带给人们力量和勇气，向心爱的人表明心意。

破阵子　燕

十日里雨霏霏
灰烟散尽花容
一笔春墨两三点
浅是烟柳四五枝
彩云摘霞浓

豪情收归长空
往事林林总总
新巢燕儿尖尖嘴
咿呀展翅斗雀忙
何必问雌雄

注　释

江南烟雨里，总能在天际看到几个墨色的小点，飞速地在柳枝檐间以无比轻灵的姿态，为春色添上些动态的音符。燕的雏鸟，在准备第一次飞行时，并不像幼鹰那么谨慎小心。它们往往是充满激情又快乐的，在春光里，所有贸然的尝试都使得青春和生命分外的可爱，就像年轻人的初恋青涩又冒昧，却仍然携带着无比诱人的炫目光华。

春　分

常留恨
谢春分
飞絮弄伊人
绿染端庄
花绽几何
数千层
红林深
牧春耕
莺歌直上青天
别年送君闻

注　释

作者儿时并不喜欢春天，然而人到中年，却学会了不顾一切地欣赏春天。也许只有经历过巨大的伤害和挫折，人才会格外珍惜爱和温暖，而春天，正是严寒过后，最令人感知幸福的那个所在。

满江红　秦时明月

青衫白蟒，乡音断，泗水何归。
石胄出，赤巾丈髯，但求乌骓。
辜负千里浮尘意，一樽孤胆下愁觞。
嘉陵水，长向汉宫流，故土黄。
将军剑，楚旌麾，手足情，知己殇。
昨夜紫星旁，许多珠泪。
垓下横洒英雄血，自此虞姬不相随。
有谁怜，埋骨铮铮处，好儿郎。

注释

秦朝，是中国历史上备受争议，又备受推崇的年代。项羽和刘邦，吕雉和虞姬，光听到他们的名字，就足以令人心驰神往。英雄也罢，草寇也好，生死成败皆在一念之间。踏着咸阳古道，徘徊在上古城墙，那里除了人们在几千年岁月中留下的窃窃私语，更有迄今为止中国最为浓烈的爱恨情仇。蹲下身，拾起脚下的一块砖，捧起手中兵马俑般色泽的青水钵，刀光剑影楚河汉界，所有的一切即刻穿越时空闪回在你眼前。

桂 林

前朝一念朽梦长
今日云深顾漓江
真山真水难真情
复天复地不复双

注 释

桂林之旅，是作者人生旅途中一个失败的节点，没有看到向往已久的漓江水，没有见到一只灵动自在的鱼鹰。也许就只是现实和梦想的差距。在我们自己营造的情绪里，我们追逐梦想和爱，而走过门的那头，却总被赫然惊醒，原来那所有一切美好，不过因了我们的主观臆想而生。

中　秋

之一

碎相思　寄桂枝
娥皇倦卧西窗
月神含羞怯露娇
踏金辉　只影对
醉揽一汪秋水
嗔假粉香无处消

之二【水调歌头】

拾阶上天台，
遥见红云开。
欲将明月相请，
谁知骁风来。
仙娥恸除环佩，
今宵一曲唱断，
只恨无名埋。

能比清宫冷?

人间故土外。

玉琼楼，碧血心，泪金钗。

杯酒能暖，

他朝任凭生死摘。

天上孤独成空，

地下野草成冢，

山河有日改?

莫问君和臣，但求黑与白。

南湖浅秋

莫道南湖无真情
秋风薄雾送君行
心有涟漪蝶嗔舞
身无琐碎片刻宁

注释

作者有小友从上海嫁至嘉兴，素日里总不明小城乐趣，因好奇使然、关切使然，故自驾至嘉兴平湖一探究竟。见面后方叹，原来小城的安静与祥和，小城的温馨和自在，农墅里香气扑鼻甜蜜瓜果，田埂上一任狗儿飞奔的宽阔，都叫人无比逍遥快乐。在这样的环境里与爱的人一起厮守，生活怎能不美得别有一番滋味？

冬　雾

纳兰吐春怨
秋莺柳梢缠
一夕寒冰挂东隅
隔窗尤见怜
知否
知否
杏黄藕香昨年

注　释

作者最爱的季，应是秋天将逝，冬天即来之时。究其原因，无非作者厌恶所谓硕果累累的繁华，却更害怕冷冷清清的肃杀。所以，秋冬交际的那几日，便成了作者的最爱。只有在这几天里，你能体会到自然咆哮着向前奔走，时间却含情脉脉地为上一个美好守候，彼此之间的心碎和折磨，恰如一对即将应命运而分手的恋人，因为无力挽留所有的美好，所有各种情绪都到达了极点，空气中处处是悲欣交集的味道。而那个味道的名字：叫必然。

步蟾宫　秋月

去年云掩玉容皎
桂枝旁
光阴俱老
冰心一片沁天窖
惜嫦娥
竟失依靠
何年何月偏知晓
与秋风
万千无聊
长空斩破清影消
堪琢磨
卿卿是了

注释

嫦娥，无须赘述，嫦娥的悲苦，亦无须赘述。而世人何以时时写她、念她？无非为了借她的故事提醒自己不要犯下同样的错，之后却又不幸发现自己避免不了一样的错……究其原因，无非因了女人这个名字。

白　露

水华希殊，白露如铺。
所谓相思，不尽不枯。
怅惘求之，似有还无。
旦夕得之，此为路崎岖。

雁鸟惜归，白露同辉。
所谓相思，长念长悲。
织羽送之，天地长随。
旦夕得之，此为月盈亏。

落枫点红，白露近空。
所谓相思，山高水重。
蔽翳藏之，字短情浓。
旦夕得之，此为人圆通。

注　释

白露（white dews）是二十四节气之一，九月的头一个节气。露是由于温度降低，水汽在地面或近地物体上凝结而成的水珠。白露有很多农谚，是农人极为重视的务农节气。

画堂春　答友人

霜叶晓打断肠桥
酸风冷雨西郊
廊前小娘今何似
罗衫渐绰

花红还在绿意消
相知何需共老
山水零仃别有时
直醉今朝

注释

2011年，临近本命年生日的作者命运在此年发生了重大改变。作者罹患了癌症，开始了求医问药苦不堪言的生活。回想过去三十多年的人生，作者深感未尝之事颇多，但在人生旅途上，曾经共同欢笑的朋友知己却并未减少，反而以加速度逐年增加，因此心生安慰，感谢此生有缘与诸友相识。人生短则短矣，若无人一路高歌畅酒岂不更悲苦？所思及此，遂无限感恩。

睡　莲

寻寻觅觅复切切
荷花坞里去
青纱帐，红豆娘
独立花影疏

来来往往曾噩噩
香风暖一壶
碧玉盘，白莲心
醉看相思枯

注　释

作者不是一个沉迷于风花雪月之人。因此，平日与人交往多世故而直白简单。男人来了酒一壶，大肉两块；女人来了珠玉一串，放歌一曲。不过如此。非因心思粗鄙，却正因敏感多思。所谓近乡情怯，说的便是我这样害怕受伤因而永不敢拥抱美好的人吧。爱上一个人的勇敢，和交付一个灵魂的勇敢，于我这个懦夫而言，两者皆无可能。所以这样香艳醉人的温存场景，唯留在文字里灭神诛心而已。

山林借宿

曾经彩蝶翻飞舞，
相伴偷欢，
朝拾爱几许。
林间寒鸦嬉轻瀑，
墨色染穹卢。

才道人间知音无，
晓看春闺，
玫瑰红豆煮。
最是寂寞伤心处，
芭蕉喜雨笔喜书。

注 释

芭蕉是芭蕉科芭蕉属的植物，多年生草本，具匍匐茎，是江南常见庭院植物。在退思园、雕花楼、狮子林等著名江南园林里，随处可见硕大的芭蕉叶倾斜在楼角、亭梢、井上。每处阴影都在讲述一段百年、千年的故事，每一声风过芭蕉的叹息都是那二层楼里未出阁的小姐们别样的春怨……

注释

本图由作者提供。

西湖三阕

之一

碧唇沾露藏春辉
霞衣轻披含新蕊
夏虫呢喃何所肆
且盼秋风送君回

之二

跬步三千里，远上云中攀。
金辉落寒塔，日曦润平斋。
飞雪白堤尽，微岚小孤山。
西子别霓裳，轻拾锦素来。

之三

黛檐青瓦无穷寥
孤山其飘渺
游梦今朝凭栏意
寒舟雀影俏与谁人知
霜花竞飞玉廊桥
独为离人娇
思君只恐君不识
难得断桥残雪又七夕

清　明

之一

落樱飞雨远红尘
银杏树下思故人
一石一影一黄花
伶仃苦短碑无痕

之二

三月冷雨入愁肠
杯酒洗我故人殇
家书四季难相送
斯人不再信至堂

之三

浮尘篆泪冢无名

梨花尽染送故人
寻常漫漫青葛路
雨打鹅石伤从容

注 释

每至清明时节，作者总会不经意在梦中拜会故去的亲人。这段怀念太深，这段相思太长，以致伤及了作者的心肝脾肺，令人病入膏肓，竟看似无意入药。有歌唱得好，如若当初不相识，便可不用如此怀念……

华山·华清池

光怪陆离醉七仙
不意娇娥恋人间
借我一江柔情水
别时长恨洗万千

注释

华山，又称西岳，为五岳之一，海拔2154.9米，位于中国陕西省渭南市华阴市城南，西距西安市120千米，秦、晋、豫黄河三角洲交汇处，南接秦岭，北瞰黄河，扼西北进出中原之门户。华山山体倚天拔地，四面如削，更有千尺幢、百尺峡、苍龙岭、鹞子翻身、长空栈道等十分险峻之地，被誉为“奇险天下第一山”。华清宫，西距西安30千米，南依骊山，北临渭水，是以“温泉汤池”著称的中国古代离宫，是唐代杨贵妃入浴泡汤的著名所在。

自小诵读白居易的《长恨歌》时，就对这样的丰美不可一世的人间尤物生出诸多的想象，在作者心里，但凡美到极致的事物，都需珍惜，否则何以对得起上天的恩惠？所以，我至今仍宁愿相信神女远渡扶桑，在仙岛享受人间最后的蚀骨温柔去了。

病　中

人言秋风摧厥乔
我见秋风自折腰
霜寒紧锁烟雨零
辗转沉吟到日薄

亦步亦呲身轻渺
语出如兰分外娇
他乡醉饮才三杯
咫尺天涯半日遥

注　释

作者原是个生性好动、身体强健之人，不想因病突转羸弱，一时之间，无论身体和精神都极为不适。原来人的坚强和脆弱并不在自己的意念之间，而是紧紧在命运的掌控之中，失去健康的人，生命如傀儡般可笑。

沁园春　雪

窗下闻雪，一瓣晶华，怯怯藏娇。
叹香茗浅啄，未央花开，
低眉方瞬，绿意竟消。
犬吠声声，画梅朵朵，谁家热汤动分毫？
天渐暗，看拂尘轻弹，银妆遍扫。
吻痕点点相似，
忆昨年落花窗曾敲，
十年浮云路，一袭孤裘，
凭他对错，两者皆抛。
他日暖阳，去骨蚀肌，问君何处再妖娆？
偏叫人，要前生今世，相思无着！

注释

病后，作者对于自然万物的更迭有了更敏感的体验。仿佛一人盲道，便分外耳聪。当久违的飞雪降落在枝头，伏贴在窗棂，心上对于这绝美的却又稍纵即逝的精灵又陡添一份怜惜……

一剪梅

之一

东涧素儿无人识
百汇园里，几许枯枝
混沌难消杯酒意
且舞且歌，各自成痴
忽然飞雪为玉错
玛瑙金黄，一时满栖
千年烛泪化清蕊
沉香暗瘦，谁与相知

之二

清高雪里红
一点笑嘤咛
百日风寒苦
化作明月香

注释

梅花是蔷薇科李属的落叶乔木，梅花通常在冬春季节开放，与兰花、竹子、菊花一并列为“四君子”，也与松树、竹子一并被称为“岁寒三友”。中国文学艺术史上，梅诗、梅画数量很多。梅花是中华民族与中国的精神象征，象征坚韧不拔、不屈不挠、奋勇当先、自强不息的精神品质。

年年赏梅梅不同。在滨江附近赏梅是一种福气。因为这里的梅不仅仅盛放在天地之间，更盛放在海滨雪色里，分外娇媚。更神奇的是，一夜之间各色梅花铺满枝头，好像在向冬天宣誓她们的主权，那么张扬快乐又不失风骨，叫人赞叹不已。

注 释

金毅先生友情授权本图。

玉兰辞

之一

花自轻狂柳自骄
桃花堤上游人闹
锦绣闭天英满目
怎比玉兰暗香挑

之二

藏青堂前无桃花
一树玉兰印窗纱
相思无故昨年露
最爱清枝捧素颊

之三

煦日青天凭栏
桃李芬芳四绽
绾絮飞无主
泼洒青绿几番
玉兰，玉兰
解我多少心愿

之四

琉璃艳虽
千年一夕梦碎
桃花遍地浮柳意
醉了绿红一对
幽兰独立于东
方春才知珍重
书中香花一瓣
玉髓风中成空

江南·茶园

露重苔浓
翠枝迎春晓
锦绣何处拾
层层新缎如披
阶阶碧玉无遗
想含了春怨
怎奈风吹雨又洗
伤心竟不见
有香来袭
阡陌茶歌声似
扶芽美人心念痴

注 释

茶园是江南特色景观。无论在九溪、西湖还是衢州，当你站在山腰处，端详远处层层叠叠郁郁葱葱的茶佃时，都会不由自主地心生欢喜。采茶人的恬淡，炒茶人的畅快，品茶人的闲适……所有的一切都将茶文化演绎得淋漓尽致。何谓茶文化？就是在一抹旋舞的香绿里，沉淀生命赐予的快乐，回味人生已有的幸福。

渔家唱晚

九渠三弯扶天梯
闰月烟雨驻清溪
四方拾锦归一舟
新屋迎面唤娇妻

注 释

这是作者在乡间看到的一幅小景。傍晚的渔人在半机动的小船上向年轻的妻子吆喝炫耀出渔的收获，显然两人都不甚熟悉农作，却又为几小时的野猎成果感到兴奋不已。新的家庭，新的生活方式，光想到这就令人开颜，何况我分明看到农妇的肚子孕育着新的生命！

早春·雪

一场雪飞
数得多少夜黑
两瓣朱红
自将多情种
风勤雨霈
沉香洗窗帏
青丝绕
可怜芳草
苦待三月娇

注释

初春的雪和深冬的雪是如此不同，正如新母的爱温柔恬淡而老母的爱沉重厚实。最早感受春雪温柔的，是青石边努力抬头的小草，因为一日日的，它感受到冰霜过后春雪的温润，仿佛甜品店的冰沙在将它抚摸，只等清晨的一缕阳光，便可彻底解除寒冷。

逝

冰蚕惜春迟作蛹
纸鸢断线归长空
香花遗雪铺无主
薄酒三觥人与同

注释

过去多年，作者常常携带啤酒与酱鸭，前往父亲所在的墓地，呆傻地坐上一天，哭哭笑笑陪他说话，这样的时候，总觉得父亲还在，那份亲密还在，幸福还在。时过境迁，现在回想起来，无非自己的一份情怀没有找到寄托，以致在十年的岁月中空祭了与我并无感应的亡灵罢了！何其悲哀。

满江红　辛卯年四月初七

黛首苒眉，奋志气离离不息。
庚辰灭，斗转星移，十年相思。
欲去流沙沙更流，
将出寒冬冬更寒。
失意时潮涨拍孤岸，无处栖。
龙九子，功各倚。
丙辰儿，行自奇。
文昌星独宿紫微宫里。
得失毫厘踏随意，
等闲差错笑谁知，
待从头收拾旧山河，有疆驰。

注释

作者是1976年（丙辰年）生人。属龙的人行事孤傲却命运多舛，年轻时走南闯北，只身一人四处逍遥，到了中年方觉南柯一梦，无处为家。究其原因，皆因努力太过，争取太过，不明白世上之事，皆在时、势、运，无可强争。然而即使如此，今日身处绝境，仍要置诸死地而后生，不愿低头作茧自缚，想我既为龙子，仍要振奋意气，唯发愿终有一日，能到达幸福自在的彼岸！

立　夏

江南岸
绿浓空自
直待北国雁
女儿红
经年谁瘦
最是香消迟

三十又五题记

英雄年少
曾经顽莽兼弄潮
红颜易老
直看山河失故娇
登雁矶
一江春水今何在
百里桥
儿女情长意难抛
恨
无处逍遥

辛卯年六月十七夜观

高楼望月阖中人
清风怀冷影自横
来复引咎数七星
天灯一盏照孤鹏

齐天乐　蝉[1]

一鼓作气唱千声，
百花退柳涛闻。
甜汁渴饮，欲醉还休，
薄翼欲闯云霄。
红霞散了，梦在梧桐枝，
不假他高。
才诉心灰，又添憔悴。
蜻蜓得意笑是非。
二鼓更惊伏雨，凉风晚来拘。
和寡悄忽，无聊穷极。
心事难寄。
百日岁老谁堪？
恰似冰蟾。
青萤胜黄甲，别来无恙？
明年此时，东风送君回。

注 释

❶蝉是昆虫纲同翅目半翅亚目的其中一科，雄性蝉身体两侧有能够发出声响的“鼓室”，腹部的发音器能连续不断发出尖锐的声音，蝉属不完全变态类，由卵、幼虫（若虫），不经过蛹的时期而变为成虫。蝉幼虫的壳——蝉蜕，是一种中药材。

作者对蝉的聒噪并不以为意，因为在夏季，它们的声音就是对人生最好的诠释，而它们短暂的一生所释放的能量并不比浑浑噩噩几十年的某些人类来得少。

醉花阴　梦游

愁不能提苦能吟
紫气旦夕沉
夏衣化枯草
一枕如昕
昏昏莺燕闻
重疴轻举数金时
晓月错银筝
何处是逍遥
夜枭独朔
将星请入云

注释

作者的病反复无常，身体时而强健，时而虚弱。只道是特殊体质，却换来了对自然的特殊感触。每逢头晕时，便觉得越过15楼看出去的天幕特别清新，仿佛梵高画中那湛蓝的星空就在眼前挂着，令人兴奋异常。家人总道我生出了幻觉，我便想着，若是这样的幻觉能将我送入那螺旋状的星空里，该是有多么的幸福！

采桑子　六月

五湖皆涸荒草靡
泥沙千里
生如地衣
碾落浮尘胡不羁

才伤农耕旧谷空
又见蛮洪
泣下由衷
还剩乡音上九重

注　释

自从进入了 21 世纪，中国生态环境问题就越发恶劣严酷。网上多发的关于各大湖泊干旱杂草丛生的图片更是惨不忍睹，中国的子孙后代将何以为继，我们除了发问更要发难，江河湖海都在哀鸣，还有谁能独立于这痛苦之外，高歌所谓的政绩！

如梦令　雷雨

风驻骤雨来袭，
黑天云幕堪奇。
才道欲辰光，
电闪雷鸣又急。
淋漓，淋漓，
能洗人间画皮？

夕　拾

八月初八探蹊路
石板独坐笑荒芜
香肩游鸟戏滑卵
齐踝野草三两株
黑天齐缝何肃穆
墙内青竹有心出
幸喜秋风知我心
豪雨来赠珍珠铺

注　释

带狗儿在新建的小区边散步意外看到一景，心下仿佛有所思。当一株高大的户外植物被硬生生压制在玻璃钢的雨篷下，不得向上生长时，它便自然而然向外野长，寻找生的自由。尽管那突兀斜插的角度和周围世界极不和谐，但谁能忽视那努力寻找自我的方向感和力量感？爱情、家庭、事业，尽皆如此。不适合的就应该或妥协，或改变，或离开。因为尊重自我，彼此间方能得到最后的安详幸福。

今朝错

窗外丛林迷人眼
墙围愤愤真无为
往来捉襟豪气短
拔篱相望日渐长
好花应在瑶台驻
好雨理当顺金时
麒麟善舞意吉祥
悍龙出霁显彤云
半甲虽败犹未衰
东风满城送我还
山红柳绿凯旋日
请与酒神共推杯

九寨沟

赤焰金黄器贵胄
碧玉妆浓一江秋
深山空闻人烟无
恰是欲语却还休

注 释

作者一向厌恶太浓烈的色彩堆砌，比如荷兰的郁金香田野、一望无际的碧海蓝天、紫气东来的薰衣草园、雪色满山的长白山……大面积的色彩，太激烈的冲撞色，令人心生激情后倍感对平凡景致的失落与不满，这和品尝重口味的珍馐美味后人容易丧失味觉和食欲是一样简单的道理。然而在这样的定义里，九寨沟是个例外。原因无他，只因它的美不曾亲临。遥远的遐想着，便是最美的体验。有些人和事都是如此。

风　云

庶几野草争粮苦
无袍瓦墙随意拆
碌碌蝼蚁砌残垣
四海常乱五湖悲
风过离骚无留处
家国不再动愁肠
晓看风云穷际会
晚来尤坐影孤单
若问天下幸何时
玳瑁可能换赤冠

嫦　娥

太阴府上有佳人
香汗似珠玉莲蓬
仙音渺渺催净土
素指芊芊画秋风
闲抱兔儿无事甚
冰霜欲打秋水嗔
唤君千年君不再
独坐对影只一朋

满庭芳　水浒

茫茫水泊，巍巍梁山，一笔横书英雄。
摩崖为腹，青天且做肱。
便叫兄弟三生，歃血后，忘情水红。
风打我，杏林飞霞，沟壑亦埋忠。
该杀。
家国碎，千古热泪，直洗苍穹。
便恶水滔滔，无力向东。
浑是铮铮儿男，又巾帼，情深义重。
八百年，铁齿钢牙，梦呓浊世空。

注　释

关于《水浒传》，作者只想告诉小朋友们，这绝不是普通故事书而是政治哲学启蒙小说。人性的黑暗，不在于向什么势力妥协或放弃什么江湖道义而追求荣华富贵。人性真正的黑暗在于，没有人能真正地把握自己，关于现在过去未来，都没有任何痕迹可循。所以在世界宗教中，道教是最精准的：人法道，道法天，天法自然。

桂　秋

一夜金桂坐满枝
方晓五阴寻常至
墨香菊白压旧案
提笔难书两地痴
遥记芳华恰十七
霜月回望岁迷离
春风沓沓冬雨沛
相识遍地相知迟

注　释

自从登录微博世界，作者的朋友数量迅速增长，是往年的数倍。全国上下甚至海外同胞，往来不绝，且质量远高于日常社交所得。思前想后结论只能为，天时地利人和……其实就是一群昔日自恋的人，终于老了。

定风波

鹅黄偶遇小杏红，
香酥巧点君子怀。
金风欲揽新城客，
谁来？
桂月蒙蒙愁看中。
乌梅心酸踏雪耳，
两种，
红豆相思一尺乖。
团团不问何所予，
随意，
有缘相逢一色开。

注 释

朋友是什么，简单来说，是缘分，是相似，是互补，是一堆草里最搭配的一团绳子。

沁园春　桂

乍寒却暖，花落无声，日薄无影。

晚来野风起，别样心情。

闲弄丝管，更觉身轻。

悱恻缠绵，滴滴点点，竟叫路人伴泪行。

断秋水，衔玉碎红香，唱至天明。

君子何叹伶仃，踏天涯放马问芳萍。

春海棠争艳，满目骄矜；

夏荷娉婷，无为至静。

冬梅吐杏，雪里霜红，难得鸟语人声听。

揽桂枝，数镏金岁月，璀璨辉英。

注释

桂花，有“仙树”“月桂”“花中月老”之称，木樨科，以花、果实及根入药，性味甘，性温，开胃，理气，化痰宽胸，芳香辟秽除臭，解毒，适用于口臭、风火、胃热牙痛，咳嗽痰多，闭经腹痛。因为桂花的多用价值所以为作者喜爱，只因作者是实用主义者。

菩萨蛮　银杏

西郊城郭切切风
梧桐相思遍地灰
东风知意卷
金叶送满怀
千年江南雨
万年公孙兖
斑斑诉离苦
点点是坚贞

注释

银杏又名白果、公孙树，为落叶乔木，是现存种子植物中最古老的孑遗植物。银杏是一种神奇的植物，不仅仅在于自身寿命长可达数千年，更在于它百毒不侵的防御能力。作者尤记得北京街头那满街杏叶铺就的黄金大道，踩着杏叶沙沙地走，仿佛人都沾上了许多仙气。

鹊桥仙　聚

秋阳其杲，弱水一方
琴瑟幽幽不知处
新霜旧雨才相聚
便死生，轮回几度
流云其娇，五色与飞
霞影翩翩无追路
情浓自在长空里
朝相对，夕亦如故

虞美人　葭月桂

色色相欺压春艳
秋枫照雪莲
罡风才起落寒水
昨夜梦回平南遇朱仙

金黄姹紫碧玉娇
何事窥君颜
相思容易相忘难
尺素情长一笔天地宽

注释

不知为什么，似乎花事总是容易被染指情事。作者很努力地就事论事，结果，还是悱恻缠绵。想来原因无非有二，一是情事易开易败，二是情事易繁易衰。

西塘[1]夜宿

红纱一场梦
青砖几尺墙
天色漏偏檐
新紫伴娇怀
桥下洗石处
碌碌好人家
无为江南客
素昧夜荷塘

注 释

❶西塘古镇位于浙江省嘉兴市嘉善县。西塘是一座已有千年历史文化的古镇。早在春秋战国时期就是吴、越两国的相交之地，故有“吴根越角”和“越角人家”之称。

作者粗粗算来，在西塘小住已有 3 次。西塘百年石桥边的小基督教堂，小巷里三三两两的狗儿，天上棉花糖般的云彩，总能让我快乐。即使深夜酒吧喧嚣，清晨时候船夫的号响起时，一切又重现简单而真实。这就是西塘，千年未变。

涅槃

寻常檐中雀
自在帝王家
已是折翼欲断飞
偏假火云霞

霞开雾散处
轩辕琉璃塔
他年浴血重生时
骄凤鸣天涯

立　春

大雪落纷纷
蛟龙卧谷深
山虫不堪冻
田蛙衰其声

有梅破冰埂
香醒千家人
黑云敛月华
日薄金龙腾

长相思

前三年，后三年，
茔台烛火泪无眠，秋高风骨寒。

庚辰龙，丙辰龙，
塞陌千山望飞穹，从来只向东。

黄花落，白花落，
寂寞高楼此情灼，孤魂借岸泊。

青山在，碧水在，
恸晓无灵空空待，何日君再来?

注释

无他，作者属龙，父亲亦属龙。

江　渡

千江淡墨一水浓
风过林鸣忆艨艟
青山但能埋忠骨
流水无情负英雄

对 饮

潇湘小馆女儿红
长恨楼前竹叶青
抛却前生金银梦
醒来无非执手人

摸鱼儿　杀破狼

看人间生死缘灭
离恨惆怅心切
定罗八盏省晨昏
飘忽风影自斜
天狼歇，青云劫
问谁来成全此业
敢似雨蝶
破千层蛛丝，万张修网
新姿天下绝

捣练子　春雪

千山寂，银箔毡
忽然春雪忽然白
直叹江上孤独客
遥向江南敬愁怀

南国燕，空徘徊
无聊人在无聊斋
一梦十年犹未醒
蓟门桥下是老宅

注 释

作者于2010年在北京工作学习，其时居处蓟门桥，2012年，工作原因再赴北京，居处东四十条。时间就是这样，无论生老病死，它从不曾为谁停留，十年的青春毫无印记。再北上，连京城司机那地道的乡音都不再闻，老北京留给我的尽是温馨不失戏谑的回忆而已了。

八六子　踏病

八角亭，三亩小园，
节节芬芳来。
石鹭汲汲芦草纤，
斑斑与岁同驻，伤心难尽。
忽然儿事事惊。
病急苦苦端详，镜中不言自明。
叹的是，香减红消有日。
知音无时，断了青丝，
怎奈何鸳梦空痴痴。
一夜浮萍，但飘零，
风雨后君自在。

注释

人类与疾病的斗争，似乎从没有胜利之日，然而从另一个角度来说，人也不会轻易被疾病击倒，自有记录以来，人类就以自身的坚忍和顽强书写着不向病魔臣服的战争史。而这样的斗争，自 2011 年起，作者已持续了三年，迄今仍未放弃。

国　殇

之一　汶川

人间四月有情天
欲求诸神送将来
最恸长流无根水
繁华如洗生如哀

之二【渔家傲】

万里残云画浓愁
十乡挚亲命不留
一川染血饮千秋
忆桥头
娇儿曾执慈母手
江草萋萋月如钩
龙门哭断雁声休
羌笛长伴泪横流
空祭酒
骨肉至今魂归否?

之三　舟曲

昨日泥沙横流，
一夜平地无楼。
惊问舟曲人，
是否康安依旧?
一口，两口，
奈何血泪在喉。

之四　玉树

叁月冥雨沙幕天
西域血怜见
举薪拾骨片刻
家难全
一震神女泪潸然
二震老君肝肠断
奈何人间无相告
此恨长长更绵绵

东瀛之殇

辛卯年辛卯月问天
无辜人无辜命数千
地龙滚惊涛弄残垣
樱花雨姜花泪缠绵

关　外

关上驻青虬
顽日戏云游
吐翠金山岭
含烟雨既休

画　眉

蓝线雀儿穿金丝

媚了一春

听声声娇啼

几颗红缨入画

昨年相思似

壬辰调

初晨光，雾霏弥
寻常冬泥坚如石
花落不葬
流水无裳
喧嚣处
昏昏倒履切切忙
辛卯殇，待癸巳
守得弱核发新枝
病苦皆忘
枇杷能香
难自弃
磊磊有纲目目张

注 释

2012 年年底，作者和女儿在吃完一把枇杷后，兴之所至，在枇杷核上开了口，抱着试验的心理将其小心地埋进了营养土里。半个月后，枇杷树苗神奇地发芽，稚嫩的新叶在阳台上昂起来高贵的头颅……那被阳光照耀着的新绿，是神迹，是希望，是永远留在我心底的生命的震撼。

故宫

之一

风摧千关月
藤枯万寿休
墙古任岁蚀
无名绿又新

之二

深宫重玉色
寂寞吹雪珂
寒楼凭空举
凌花入墙奢
扶栏避相问
无意惊天人
兹使归故国
不言报春恩

颐和一梦

错入画，松枝掛
此间无意拾故阶
琉璃瓦，青空望
轩台小坐碑上歇
想叶赫那拉
幽兰勃发
曾驻亭眉与君别
欢歌放，鹂声亢
颐园既破飞灰踏
梦断折香蝶

注释

颐和园，位于中国北京市西北海淀区，是一座巨大的皇家园林和清朝的行宫。修建于清朝乾隆年间、重建于光绪年间。颐和园素以人工建筑与自然山水巧妙结合的造园手法著称于世，是中国园林艺术顶峰时期的代表。北京颐和园和天坛被联合国教科文组织世界遗产委员会列入《世界遗产名录》。叶赫那拉氏是满族中的大姓，其最著名的代表人物为最后掌权的清朝慈禧太后。

寒　露

之一

寒冰起，露凝无双
平明时，探月下珠华
寂寞流觞
青云聚，扶摇直上
最欷歔，闲人对望西窗

之二

寒露霜摇叹轻秋
锦绣盘头草扶苏
孤山一座穷碧水
生当同茂死同衰

注 释

寒露，是二十四节气中的第十七个节气。每年阴历九月（阳历 10 月 8 日或 9 日）视太阳到达黄经 195 度时为寒露。《月令七十二候集解》中说：“九月节，露气寒冷，将凝结也。”此时气温较“白露”时更低，露水更多，原先地面上洁白晶莹的露水即将凝结成霜，寒意愈盛，故名。寒露有登高赏菊的民间习俗。

醉

峨眉染雪杯少举
高楼堆笑醉红绡
三更兀醒惊鸳梦
褪去不惑一场空

注 释

作者年轻时擅食喜饮，对杯中之物的迷恋远胜于一般的美食美景。恰到好处的饮酒不仅不会放大悲喜，更能使人避免意醉神迷，彼时对人生的认知往往比现实更为清醒残酷，微醺时的状态接近于被催眠，有助于进行日常不容易进行的自我反省。

旧　城

雪聚云枯无处诉
落花流水两地殇
一滴无辜英雄血
染尽天下断肠人

葬　花

独下烂泥塘
有花次第亡
欲怜无所葬
只恐弹指脏

素麻一只囊
婆娑一炷香
清风肯为媒
送嫁子仁家

注　释

南方鬼帝杜子仁，治罗浮山，红唇白齿。

水　仙

因避冬雪晚
请君入瓷砑
浣沙清又洗
凭窗更独瞻
琼妆琢羞颜
碧玉凌波仙
娉婷娥皇似
香风遗世传

注　释

娥皇，四千多年前的舜帝二妃（娥皇、女英）中的一个，舜崩，娥皇、女英痛不欲生，齐跳入波涛滚滚的湘江，化为湘江女神受后世景仰。水仙花花香清郁，可配制香水、香皂及高级化妆品。水仙花清香隽永，采用水仙鲜花窨茶，制成高档水仙花茶、水仙乌龙茶等，茶气隽香、味甘醇。

作者以水仙朴素清高之姿为美，更以其高雅芬芳之味而喜。每年临冬即种，方春盛开，此种决不辜负，忠贞不渝的态度，亦使其堪比上古神女气质高洁，彰显最美花格。

宋城怀古

横卧观天印
一张几
轩窗知岁短
朱红落旧漆
冰有凌
日出恐含琢磨泪
灯无名
水中苦待菩提心
几世寥落兮

注释

宋城景区，是位于杭州的主题公园、首批国家文化产业示范基地。作者携老幼玩耍于其中，除了领略现代科技制作的《清明上河图》之神奇趣味外，亦在夜景中体验时空穿梭的虚无。在《千古情》的表演结束后去河道放一盏水莲灯，仿佛时间静止了，故人都在灯光里向我们微笑。

注 释

本图由作者提供。

龙之思

蛟龙困雪河
齿冷爪难勾
洌风尘泥卷
空嘶无尽忧
穴下一尺蛇
偷暖劝共休
为守日月光
宁做天地囚

注 释

总有人以各种名义企图将他们的价值观强加于人。这世界的真相是，没有人需要对别人的人生负责。因此，蛇和龙就算再相似，龙和马就算再投契，彼此也不可能负担起对方的梦想和生活。燕雀焉知鸿鹄之志，龙有龙的追求和想象，尽管这梦想要付出巨大的代价，龙却仍将永不回头。

残　雪

雪野新蕉叶自滢
绿浓何事挂素巾
踏遍一地琉璃水
辩白无数玲珑心

六月初三水患有感

蝉鸣晚
意方阑
浮云戏日影
殊未已
辰星移
千秋气难平
贵重何须人言
大都汤汤有年
脊梁天定

注 释

2012 年 7 月，北京因一场暴雨，城市形象尽毁。在为罹难者默哀祈祷的同时，我们不禁要问，是怎么样的市政管理竟能使人命丧大雨，想必龙王也要鸣冤了罢！

致媚娘

之一

西蜀崩龙为思卿
津北滂沱为思卿
思卿念念泪无由
愁看天际转青白
数青白，褪金银
梦断春申岸
我心残

之二

津北咧咧风正高
申南沥沥雨飘摇
秋白有意印红日
红日无情闭户骄

壬辰年·端午

齿长岁拔，扶栏意短。
晌午能歇，远眺黑云即拢，
才沉吟时，电闪雷鸣。
其间红霞两处，似胭脂新抹。
浩荡荡，唯英雄气，晚来终于魑魅平。
淋漓洗去千山尽，
欢喜甚，从此清风携。
莫使轻纱无辜，负愁眠，酒厚汤暖。
况下高歌，唱道三十六年空付。
龙门哪怕纵身是，
难得卷帘人。

注 释

端午节为每年农历五月初五，又称端阳节、午日节、五月节、五日节、艾节、端五、重午、重五、午日、夏节、蒲节，本来是夏季的一个驱除瘟疫的节日，后来楚国诗人屈原于端午节投江自尽，就变成纪念屈原的节日，从此成为爱国经典节日。

近年来频出自称爱国之人，对作者说，凡是为一己私利者，以所谓爱国道德观绑架他人的，实为国贼！真正的爱国者，不求回报，不求虚名，以一腔热血回报国家民族，而这样的人必是君子，尽皆低调。

踏春迷途

妩紫嫣红各处
谁道车马难渡
四月寻芳几人
无心再登山麓

注 释

某日，与友几人登山踏青。不意在山中，众人迷路不知身在何处，然而身边风光大好，良辰美景不得辜负，因此众人反而随意起来，在山中烧烤、歌唱、写生、摄影，无所不乐。无心插柳柳成荫，指的便是人生中这样懵懂走入的时间和空间，一切随意得到的幸福，反比刻意追求而来的更容易使人幸福。

大风歌

路有靡靡
昏昏求济
恶恶干系
孑孑而立
大梦汤汤
天地昭昭
岌岌现世
难以孜孜
唯其诺诺
此情戚戚
暮暮垂忧
硁硁于鄙
烟波荡荡
人心渺渺
汩汩长清
遍洗离离

满江红　望京

稽首顿足，告乃父，曾数天骄。
家书上，燕京霜风，深楼云乔。
圆明园里玉龙碾，明长城下巨石峭，
凭谁去，千里望江南，人难料！
踏金沙，渡银滩，错放羁，绝天寥。
只三纪，鸳鸯蝴蝶唱道，
故土赠我百年梦，我还家国春一朝。
憾的是，木兰不复织，此心燳！

赤月食

岁尾玉盘入血牙
人间攘攘照奇葩
无端青石泪如雨
风助辰龙肆意杀

注释

狭义的“红月亮”是发生月全食时产生的一种天文现象。月全食时，从地球上看去，月亮并不是从空中消失，而会呈现难得一见的古铜色，被俗称为“红月亮”。这是由太阳光波透过地球大气层照射到月球上形成的，2012 年 12 月，又见赤月。

病中三赋

之一

二更血流成河
三味冷暖忐忑
四月桃花开时
安能笑而高歌

之二

百合娇放报暖情
康子羞红更有心
眷眷无为且书我
欢喜鹊儿扣窗棂

之三

庄外枯木一
断壁无人拾
春雨菩提心
木耳上新枝

大寒

左手暖炉右手冰
遥想十年数伶仃
红花虽短绿意长
一夜雪雨伤别情

又见中秋

骤然雨急
从前忆
廿二惊雷无双夜
举箸老幼齐

旧痛难愈
新伤袭
不堪团圆衷情泪
六人两对失

注 释

2013 年中秋，是父亲、祖父、儿子等多人离开作者的 12 年。在这 12 年里，作者没有一天不追思、不落泪、不怀念。于是伤痛在心里扎了根，以致忽略了身边还活着的人，也忽略了自己。如果人生可以重来，我想放手已然失去的，拥抱正在拥有的，因为那时，一切都还来得及。人生没有回头路，只是当时已惘然，我们能做的，只有珍惜当下。

小别赠言

青天无穷碧
红顶任雀栖
昨日霜和雨
休戚唯自知
筑巢需暖日
展翅待佳期
群起弄微岚
管教天地识

注 释

2011 年和 2012 年新参与管理的企业里都有一群 80、90 后的孩子，他们认真努力，急于证明自己却找不到正确的方向。于是我开始在微博里开辟《致年轻人的 100 句话》，希望能将多年的学习、职场、人生经验通过口传心授，为他们答疑解惑指点迷津，使得他们具有合作精神的同时还能保有自己的价值观、判断力、创新力以及自我驱动精神。只因年轻人是国家的希望，作为一个不再有能力驰骋在一线工作的人，我所能所想的就是尽全力保护这些希望的种子，让这些种子为中华民族的伟大复兴萌芽，就算最终只能影响一个人，也算不枉此生。

夜西湖

素手扶岸堤
哑靨方亭倚
弄罢三谭月
拨草寻促织
落辉藏尽时
星汉无穷密
天人切切语
恐扰地上痴

女　同

之一

推杯问盏吻红唇
琉璃金翠满三樽
原来须眉将进酒
如今女儿情谊真

之二

芙蓉纱帐避风雨
和暖熏香酒一壶
两岸相知梦未醒
常在边关予君书

之三

三十才道真知己
此时情衷如比翼
曾殇落花付流水
今朝酒美花更奇

之四

一枝青莲开并蒂
两种妖娆对镜拾
雪染峨眉轻点扇
更谓三生与子执

注释

女同，是女性同性恋的简称，自古至今，鲜有文脉提及。作者分别前后看过多部男性、女性同性恋题材的影片及小说，除了反映两性生活的画面令人不适外，对其情感脉络确无不齿。在作者看来，性别只是上帝区分儿女和子民的容器，而人的内心世界，是无法被容器框架所限制的，所谓存在即合理，一切灵性之爱皆有原因。所以广义上接纳同性生活方式，将是人类社会的一大进步。

怠

寥寥空对又一春
问君可曾数黄昏
香草白果自甘苦
从此五味放金樽

核

三月春风无喜雨
皆因人间已殊土
黑天闭日瓮中胚
新苗未发已染毒

注 释

2011 年 3 月 11 日，日本福岛第一核电站 1 号反应堆所在建筑物爆炸后，在大地震中受损的福岛第一核电站此后发生大规模泄漏，后果严重，迄今仍在严密防控监视中。这是继苏联切尔诺贝利之后，人类历史上第二大核事故，人类正在为自己对地球作出的各种不当能源开发行为付出惨重代价。

四月十一

结发染眉叹曾经
莫怨春闺
若怨春闺
唯有簌簌无根水
轻狂一声叹如今
徒使心灰
但使心灰
直有他年无梦追

五年三弹

之一

春逝蹙青蛾
秋至染金稞
平明化新雨
氲深洗故箦

之二

沙流随势行
泉古追岁零
智慧曾消长
远近殆相亲

之三

攒梦点心烛
扶摇上山路
薄云问高志
盍年昭日出

再　聚

十年寒窗木阁楼
书香不再字难偷
几欲启齿问曾经
哪知寥寥竟不能
谁执芊芊素玉手
谁为娉婷护归程
谁种天茅留青鸟
谁靠家门亮明灯

注　释

同窗之谊相对其他场合建立起来的社交关系而言，多更纯洁而不功利。虽然同学聚会时未必有话可说、有情可谈，但是彼此之间熟悉的一个眼神、一声问候，还是可以将人带回到无忧无虑的青春岁月、充满鸟语花香的教学楼旁。这就是一代人的梦想起航的地方，是所有我们被爱和爱过的珍贵证据。因此，聚会了，只要淡淡地笑一笑，问声你好吗？就足够。让一切回忆尽在不言中。

春 雨

泥洼浅进下虞山
姑苏埠头望春帆
谁知春雨又缠绵
最是无辜桃花晚

圣　诞

圣音一宵步凡尘
诞华初上雪踏松
平平但笑无根水
安知岁岁洗不同

山 居

马踏春歌听万松
人倦黄昏坐屏东
百花村头斜阳尽
顽童追日几山重

悼谭嗣同

黄昏雨至夜深　已是愁
灰天偶遇彤日　方现虹
青流不汇浊江　且自在
大爱堪重天下　真英雄

注 释

谭嗣同（1865 年 3 月 10 日—1898 年 9 月 28 日），字复生，号壮飞，湖南长沙浏阳人，与陈三立、谭延闿并称“湖湘三公子”。清末百日维新著名人物，维新四公子之一，是中国近代著名的资产阶级政治家、思想家。他主张中国要强盛，只有发展民族工商业，学习西方资本主义的政治制度。公开提出废科举、兴学校、开矿藏、修铁路、办工厂、改官制等变法维新的主张。1898 年参加领导戊戌变法，失败后被杀，年仅三十三岁，为“戊戌六君子”之一。代表作品《仁学》《寥天一阁文》《莽苍苍斋诗》《远遗堂集外文》等。

谭嗣同能文能武，胸怀天下，是作者心目中最后一位中国真君子。他所推行的君主立宪制，或许正是最适合中国的主张。而遗憾的是，作为一个堂堂君子荡荡贵族，他竟然放弃了生的机会，引颈就戮，誓为效法日本明治维新惊醒中国人而撒下鲜血，这是多么值得尊重却又迂腐至极的一个决定！至今，作者为此扼腕……

笑红尘

莫悲伤
螳螂断命有所偿
春蚕赴死留衣裳
青云闭日敛华光
尽在他朝放
解千愁
万里惊涛归塘口
九曲迷径燕回头
砂砾琢磨锦贝羞
唇启璨天宙
看人生
漫漫长路足印真
蹉跎两种担频更
偶拾飘雪无人问
偷欢笑红尘

温　泉

深山淫雨夜
小渡渔鹰歇
石鼓青砂柱
肺腑水中贴

野径秋虫喋
泥上足影怯
玫瑰百香瀑
忘情人影斜

注　释

温泉中主要的成分包括氯离子、碳酸根离子、硫酸根离子，以这三种阴离子所占的比例可分为氯化物泉、碳酸氢盐泉、硫酸盐泉。在浙江、海南等地多有开发，其中最为著名的要数南京。

风寒吟

之一

秋叶逢秋雨　苦舌因苦寒
指尖瑟瑟燃　朱红渐渐疸
浮云舒棉枕　薄榻积故岚
舒筋五怀骨　犹叹仙未谙

之二

有心向佛勤　无意断红尘
灯影绰约间　重入书香门
月暗星自明　草干似铁锵
缘灭有尽时　修渡了无痕

伴儿游园

芙蓉应带雨　梨花却含羞
雪松自怀骨　傲立仍对秋
蔷薇侍新土　画眉笑晚樱
绵绒捧朝露　茱萸插径幽
水车石阶古　与君多挽留
百花香魂驻　情浓自在游
流水浮桥处　坐看霞辉映
儿嬉花芯舞　我醉此中囚

柳

屠苏饮罢痛迟迟
水暖西湖杨柳意
风助雀登枝
混沌只道无相离
欲衔经年柔情叶
怎料一夜江风春心已
辜负少年痴

春　雷

青梅啖轻雪
玉兰赴新约
秋枫浮旧色
桃红无意缺
银钩画半珏
不疑是春月
离乱花事甚
难为世间歇

新卖炭翁

癸巳大雨哭无名
天涯已成新花冢
老少难扶谁相助
可怜处处卖炭翁
忽如一夜罡风醒
喳血蔷薇欲别名
蟑螗蛇鼠毒去尽
尽收金殿阎罗门

花步道

芙蓉王

三千丈

蹒跚步里醉仙郊

夏枯草

广凌蒿

无为女子瘦梦遥

新红滟紫

纳香如故

除却一场病

江南万岁娇

中药入题集

在几千年中华传统病理和诊疗历史上，中药作为中国传统药材为中华民族的健康和传承做出了不可磨灭的贡献，并在现代科研实践里，以银杏、黄芪、人参、麝香等单方获得了国际科学分子验证，以云南白药、藏药等复方药剂的神奇功效获得了国际瞩目，为中药进入世界药物之林做出了卓越的努力和贡献。这些流传千年的中华瑰宝，理应在未来大放异彩以服务于全人类的健康。

蝉蜕　冰片　夏枯草　半夏
麝香　佛手　珍珠　燕窝
银杏　凤凰衣　甘草　砒霜
首乌　黄连　蛇蜕　六月雪
洛神花　乌梅　红花　雪莲
当归

丹参

蝉蜕、冰片

声嘶但求良药苦
情绝才忆伴君甜
能不忘
莫辜负
冰心一片
佳侣一双

夏枯草

春笑蛙

冬望花

牡丹富贵百事足

夏枯草

秋飞蛾

蓬莱半日探仙坞

半　夏

月色新
砖墙倾
小露香肩碎步轻
怀半惺
夏虫鸣
娇声窃语盼君来
纱笼星
莲娉婷
株株嵌碧洗红绫

麝　香

鹿有九色天地尊
埋香走气神仙醉
含珠吐纳游方外
定精凝思巧入髓

佛　手

佛心赠金果
孝悌结仙缘
味短却香长
只手了郁怀

珍　珠

真珠璀璨光流转
灵羞暗敛色润圆
白似雪
玄胜夜
直念奴娇
但任君还

燕　窝

衔春枝
绕金丝
珍馐会钵莹
帝女祈
郑王契
柔闰似月银
窝暖
怀香
一照清沟偃
望不见
燕过也
心肃情衷为有佳人焉

银　杏

冰川山麓下
绝命与天齐
花开有四季
唯君恃万亿
鸭掌藏白果
香茅檠天宇
坚魂愧百物
不衰藐天地
日啖三五枝
得意未羡仙

凤凰衣

凤南来
相思满天歌轻缭
凰北去
苦做嫁衣心泣血
往生前
断却多少情惆怅
浴火后
无分知己奈何桥

甘　草

籽落随风散荒原
逆生不与苦寒便
粉彩墨根甘如蜜
春秋不解草木连

砒 霜

无色且无味　最毒鹤顶红　命绝兮

错信又错爱　唯惧世人心　情摧兮

潮来复潮去　斗转江山移　天罔兮

将生同将死　地狱总不空　佛嗟兮

首　乌

夜交藤绕
首乌因晓
缘起神交
心乱情撩
几度缠绵
方恨夜缪
月静风流
忽觉梦了

黄　连

子贡若知黄连苦
何尝植得楷木归
伯仁不在我自亡
未敢怨君半目衰
鸦雀乱鸣人言殇
图留畏惧尺素恚
莫道长夜有尽时
此情如何映日追

蛇　蜕

龙蜿蜒而蜕玉衣
两诀别
一朝夕
从此相看成陌路
曾几时
不共羁

六月雪

六月盼飞雪
七夕愁月圆
王母若有心
赠我金玉缘

洛神花、乌梅

洛神消春燥
乌梅生小乔
周郎藏
阿瞒淆
天赋颜色羞满园
只是未到相见时
相见共折枝
从此月宫了

红花、雪莲、当归

饥寒倘为最
情摧痛与谁
花红不意竞雪莲
相逢知己千杯醉
当归
焉能悔

后　记

善良是一种与生俱来的品质，高贵是一种自我修行的选择，成功是无数努力奋斗的必然，幸福是所有以上的自我认知。

感谢您认真欣赏我的拙作，希望它的存在让您有所得。

特发病前养的一双宠物萌照，请珍惜今日所有的爱与被爱。

上图由作者本人提供，敬请期待下部作品：长篇小说集《百年惊梦——命运三部曲》。

上图由作者本人提供，敬请期待下部作品：长篇小说集《百年惊梦——命运三部曲》。